17号房间

拉斐尔·L·马利

Copyright © 2025

All Rights Reserved

"**在冬天的深**处，我发现自己内心有一个不可战胜的夏天。"

阿尔贝·加缪

致谢

致那位相信我的梦想的人，

德尔菲娜，你的陪伴和启发使这本书成为可能。

愿这些共同度过的时光和这伸出的援手永不被遗忘。

献给我亲爱的儿子雷米，他对祖母的爱将永远闪耀。**献给我的孙子们**：马塞尔——**我的母**亲曾有幸认识的，以及我温柔的阿尔芭——**她将在那**颗无形的星辰注视下成长。**你们都被**这永恒的纽带紧紧相连。

Contents

第一章

告别的黎明

"**如果生活**过得充实，它就很长；如果过得糟糕，它就很短。"

塞内卡

仅仅在我从波士顿抵达后的二十四小时，这个星期天便令人窒息，充满了前所未有的情感和难以忍受的酷热，阴凉处的温度高达36度。

城市在我面前延展，沉重而倦怠，每一丝空气都浸透着回忆与未曾言说的话语。生活试图向我传达的东西未能激起我任何倾听的欲望，而我的理解亦无从着手。否认是我所培养的信仰的镜像——**一种寄托于母**亲期望中的信仰：她对生命那近乎严苛的热爱，以及她对我们能够将她留在身边的微弱希望。她所珍视的那个"**我们**"**就安放在她的心头**，在每一次心**跳中**回响，**如同**对抗时间不可避免流逝的无声祈求。

她的每一份回忆似乎都被镌刻上了无法抹去的印记，而在她永不熄灭的微笑里，我窥见了一种重生的承诺——**脆弱，却又不可或缺。**

在一场阴郁的舞台剧中，生命离我们而去，伴随着最后深沉的一息，如同一声低语，抹去那个见证我们诞生的世界画卷。留下的人——**仍在世的生者**——**在不可逆**转的缺席面前感到战栗。我们的无力在沉默中回响，标志着我们无法挽留本不可挽留的，亦标志着生命的脆弱与流变。

在一种令人无措的平静之中，灵魂温柔地缓缓脱去它的尘世衣裳。它曾以坚定不移的冷漠回应我天真的自私。我**的祈求未能**扰乱它平静升起的步伐。这无法避免的别离，宛如一条沉默的河流，无视周遭的风暴，依然不变地朝向大海前行。

第二章

最后一息的回声

"生活不仅是我们经历过的事情，也是我们如何记住它们的方式。"

加布里埃尔·加西亚·马尔克斯

我所经历的这场刻骨铭心的别离，是一个普遍现实的悲剧性对照：诞生——这一非凡时刻，总是伴随着生命自然而欢腾的喜悦。

生命的第一天，随着婴儿的第一声呼吸，便已注定是一场别离——这是一场极为突然却不可避免的分离，让新生命与母体温暖的庇护彻底断裂。这是一种过渡，一个尖锐的啼哭，划破了原本静谧的世界。它在庆祝来到人间的同时，也带着对那逝去避风港的深深怀念。而在生命的另一端，死亡悄然而至——那至高无上的、令人心碎而痛苦的告别，它将我们从生命永恒的舞蹈中带走。这是最终的离别，是那无情地将我们从所爱之人怀抱中剥离的终极沉默，是喧嚣的欢笑与泪水过后的无声空缺。在这生与死、喜悦与悲伤交错的矛盾之中，编织着我们人类的命运。每一次离别，都是一种痛楚，但也见证了我们曾拥有的爱。

　　母亲旺盛的生命力，在忧郁与欢笑的交织中，仿佛能让她超越自己的过往，如同一道穿透阴霾的阳光，冲破回忆的阴暗。她的笑容，如**阳光般明亮，极具感染力，照亮了每一个灰暗的日子；而她的笑声，犹如微**风，在我的记忆长廊中回荡，为每一刻都添上一丝母爱的温暖。然而，在死亡这一无可避免的命运面前，在那荒谬而又无情的公平性之下，那曾熊熊燃烧的生命之火正在黑暗中迅速熄灭，使我深刻意识到人类存在的荒诞。生命的跃动与死亡的沉寂形成了鲜明对比，唯有她那无可磨灭的爱与无尽的温柔依然充盈在我的心中，如同永不熄灭的光辉，给予我慰藉。这道光，虽渐渐微弱，却成为黑暗中的指引，提醒我珍惜每一瞬间，去庆祝她赋予我的生命，同时，

17**号房**间

在内心深处铭刻她的回响，就像夜空中一颗不灭**的星辰，照耀着我的**记忆苍穹。

    这一刻，以它独有的方式，庄重而神圣。我凭直觉知道，对她而言，这一刻亦然。仪式感，隐藏在我陪伴她的静默之中，那种无声的、神圣的联系，使这一刻拥有了特殊的尊严。它之所以庄严肃穆，也因每一秒的流逝都显得无比珍贵，每一次心跳都仿佛在为这有限的时光轻声吟诵。短暂的气息宛如一抹淡淡的薄雾，萦绕在我们周围，反复提醒着生命的短暂，如同夕阳西下前的最后余晖，在天色完全暗淡之前，留下微弱的光环。我知道，很快，死亡便会轻轻地笼罩她的灵魂，以它那安静而温柔的方式，将她带入永恒的安宁。

    弥漫在我们之间的**沉默，愈**发沉重，几乎难以承受。它浓稠得仿佛没有尽头。我知道，我即将成为这最终告别的唯一见证人，一个命运交予我承担的神圣时刻。那句来自古老法语的词句，似乎在这一刻有了全新的意义，深沉而令人动容——**在向我道**别的同时，她也将自己托付给了我的记忆，并把我交托给神圣的庇佑。仿佛在这一瞬间，我们之间的联系被烙印上了神圣的印记，她邀请我永远珍藏她存在的回忆，让这份爱成为不可替代的永恒。

第三章

悬停的瞬间

"我们无法通过逃避生活来找到内心的平静。"

弗吉尼亚·伍尔夫

文字从经验中汲取其意义的力量，因此，情感由此而

它们捕捉着我们经历中最细微的本质，将情感转化为具体可感的结构。借由它们的使用，我们雕刻出自身现实的轮廓，每一次排列组合都在诉说我们生命的拼图。文字无止境地描绘着生活带领我们经历的情境，如忠实的旅伴，引导我们穿越存在的曲折蜿蜒。它们生长、变形，并在每次相遇、每次共享的呼吸中赋予自身新的深度。它们描绘着我们模糊的回忆轮廓，勾勒出尚未探索的梦想素描。在字母与音符无休止的哑剧中，文字成为我们感性世界的守护者，不断丰富我们内心承载的无数故事。因此，每一个发出的字，每一句写下的句子，都是

对我们内心世界的重新定义。

在这最后的呼吸间，曾经如此自然的表达似乎正在消散，如同清晨苏醒时逐渐消逝的梦境。

就在片刻之前，文字还在我们思绪的大海上畅游，随时可以轻松地被说出口。而现在，一种奇异的停顿悄然降临，犹如三点省略号所标记的静默，它们如同悬浮的音符，在时间中凝固，依附于那台过于精准的时钟滴答声之上。那滴答声，如同催眠曲，让人联想到母亲平稳的呼吸，一种我们曾渴望永恒的节奏，但它却无可避免地逐渐沉寂，最终只留下无声的空缺，绝对的静默。

就在母亲的生命在我眼前悄然流逝的那一刻，一股汹涌**的**领悟浪潮席卷了我：那是由家族前辈的消逝所造成的深渊。

那些尘封已久的记忆与故事，如同奔腾的潮水冲破桎梏，颠覆了我曾以为稳固的信念。每一次交换的眼神，每一个如今已然消失的手势，皆悄然融入我的存在，如同印刻的邮戳，

17号房间

为这一刻盖上永恒的印记。而她的突然离去，则如同沉重的负担压在我的肩上，让我几乎无法承受。在这一切被隔绝的时刻，我忽然意识到自己正在经历一场蜕变：我比以往更像一个祖父，甚于一个父亲，同时比以往更像一个父亲，而不是一个儿子。我肩负着祖先的重量，他们未竟的梦想和未解的遗憾，成为我生命中既痛苦又珍贵的负荷。**在**这场动荡中，时间扭曲拉伸，古老的循环悄然成型，角色交错变换，逝者的回忆编织成网，与我的现实交融。就在这个庄严的时刻，我发现，连接我与那些已然远去之人的纽带从未如此真实可感，如同一张看不见的织网，将我的根系与此刻紧密相连，即便是在这告别的暴风骤雨中。痛苦，化作通往未知的桥梁。在彼岸，我将学会在往昔的阴影与未知的未来之间寻找一条道路，以求与前人的遗产达成和解。

我的童年记忆，与祖父母的心跳紧密相连。

我曾经在孩提时代认识他们。在我幼小的眼中，他们似乎是永恒的，因为时间的缓慢欺骗了童年的感知。每一刻都像是永恒，**就像**专注于秒针缓缓移动的孩子，沉迷于那些几乎察觉不到的转动节奏，它们标记着我们阳光灿烂的白昼与雨天的午后。在那无忧的泡影中，周围的世界显得如此广阔，每一次共享的笑声，每一个讲述的故事，都飘荡在那彷佛不朽的空气里。

从一个时代到另一个时代，秒针总是相同的双生子。

但透过童真的棱镜，我们的感知却被延长，每一次祖父母的叹息——**那片庇**护之地，满载他们的智慧与温暖——**都滋养了我**们的想象世界。在梦境之境，那些轻盈的帆影使得现实更容易承受，化解童年的烦恼，并将其转化为冒险与惊奇的承诺。因此，我的回忆成为时间长河中无声的见证者，它们是情感旅途的灯塔，引领着我不断探索那个再也无法触及的过去。

第4章

在17号房的阴影下

"**当**风暴结束后，你不会记得自己是如何穿越它的，也不会知道自己是如何成功生存下来的。你甚至无法确定风暴是否真的已经结束。但有一件事是确定的：当你走出这场风暴时，**你已经不再是进入风暴时的那个人。**"

村上春树

　　妈妈的最后一口呼吸冻结了我们共同的过去，我们的家族故事也随之被她的气息封存。我们的现在在这一刻消散，现实从我脚下崩塌，只留下一种不真实的感觉，一个我不知如何沉入的深渊。妈妈的突然离去化作一道阴影，残酷地扯断了我们生命的纽带。她的最后一息，宛如轻声低语的告别，迫使我去设想一个没有她的未来——**一个荒**芜的未来，充满破碎的回忆与挥之不去的思念。没有她，生活变得沉重，仿佛每一缕光线都蒙上了忧伤的色彩。我不知该如何定义这种沉重，因为每一次思考她的缺席，都让我更加远离对自身痛苦的理解。在那一刻，我无心前行，只被那无边的虚无感与无助吞噬。她的离去留下的空白足以衡量我悲痛的深度，一股无法遏制的泪水冲刷着我内心无法言喻的苦楚。每一滴眼泪都是呐喊，是对她无尽爱的祭奠，是对过去的见证，也是投向那被不确定性笼罩的未来的一瞥。在突如其来的黑暗中，我像一个被暴风席卷的孤舟，唯有她那深深铭刻在我灵魂中的微笑，成为我唯一的依靠。

那个曾经依偎在她身旁的孩子，刹那间成为了孤儿，被剥夺了他最深的家庭纽带。

时间似乎停滞不前。这一天是星期天，温暖柔和的阳光笼罩着天空。早晨六点四十分，夜晚正蜕变为**白昼，恍若雷**鸣般的震撼穿透了寂静，击碎了我曾以为永恒的幻觉。在这个**2023年8月20日的清晨，太阳依然**缓缓升起，在这悠长的二十四分钟里，仿佛察觉到少了一颗灵魂可供照耀。

妈妈不会错过这个时刻。她知道，上帝早已在她第一次

17号房间

祈祷前静候，倾听她最钟爱的《诗篇23篇》。**在**这片灵魂交汇的宁静之地，她找到了片刻慰藉。在这短暂的瞬间里，她无需言语，便能获得那份深邃的宽恕，让她的灵魂得以轻盈地离去，与自己、与仁慈的上帝达成和解。

妈妈的信仰太过深厚，不可能忽视造物主伸出的双手，也不会怀疑那片属于天国的国度。在那里，上帝——**若尚未作出决定——将裁定她灵魂的升**华与精神的归宿。

我的哥哥，凭借他异乎寻常的直觉，提前感知到了这一切。"**她会在主的日子离开。**"**前一天，他用平静而**笃定的语气说出这句话。他的目光，既透着隐忧，又流露出一种无法解释的确信，仿佛在阅读一本旁人无法触及的隐形书籍。我不禁为他的预言应验而震撼。

前一天清晨，我的儿子赶到波尔多机场接我，迫不及待地带我去见妈妈。那时，她已经在镇静剂的作用下陷入深沉的睡眠。

拉斐尔·L·马利

和我的儿子在一起，时间展现出一种矛盾的特质。它太短，让人来不及好好珍惜彼此相伴的时光；但它又太长，让人清晰地感受到妈妈**生命倒**计时的进行——镇静剂虽带来了短暂的平静，但也终结了她残存的生存意志，只留下那无垠的未知，等待着她的灵魂去探索。

第5章

往昔的低语

"对未来的真正慷慨，是将一切奉献于当下。"

阿尔贝·加缪

刚把车停进医院地下停车场，我便急忙冲向出口，儿子紧随其后，一路奔跑到老旧的弗朗什维尔诊所主入口。我让他走在前面，他带我来到病房，却拒绝看望靠呼吸机维持生命的祖母。他以一种智慧的方式选择了保留他们最后一次见面的珍贵记忆。那是他与祖母交换微笑的瞬间，一个被时间悄然偷走的片刻，将永远镌刻在他的记忆中。对母亲**而言**，这是无价之礼，是他特意抽身于日常琐碎而奉献出的珍贵时光。太多人不敢停下脚步，错失了这些充满爱与人性光辉的时刻。

我们缓步走过冰冷而几乎被情感抽离的走廊，医护人员的忙碌在这片区域投下沉重的阴影。我的手搭在门把上，缓缓下压，轻轻推开那扇即将迎接我们悔恨的门。我和母亲终将面对这个时刻——**那个未能及**时到来的遗憾。那些流逝的时间，那些我本想陪伴她的时光，如今都被困在这间病房里，而这个房间的编号——17——**无情地提醒着我，那正是她接受镇静治**疗的日子。

踏入病房，一股怀旧的气息包裹住我，如同一缕温柔的往昔回音。一个**荒唐却令人心安的念**头浮现脑海——**如果能倒**转时光，该有多好？看见她的面容，感受她的存在，说出那些只有在紧迫之下才能诞生的语言，这一切将是治愈人心的良药，我何其渴望。

在这神圣的静谧之中，我仿佛能看见她的目光，那目光里承载着无尽的温柔，宛如一片宁静的海洋，让人在其中迷失，又得以重新找回自己。那目光是温暖的摇篮，曾陪伴我、安抚我，轻柔地引领我穿越人生风暴。它像是一条无形的丝线，一路牵引着我，直至时间的大门将我们隔开。而如今，在这间病房里，她的存在感依旧如此强烈，如同一个温柔的拥抱，一个鲜活的回忆。

这一刻宛如一场**梦境**，过去与现在交汇，给予我们片刻相见、畅谈的机会，仿佛旧时光从未远去。

然而，当我的目光落在她身上，我意识到，这个愿望终究只是徒劳。现实无可更改，我所能做的，唯有急切地诉说——**而她**，则会以极尽专注的倾听，去感受每一个字的重量。

她的面容，尽管身处危急，依旧平和安详，仿佛沉浸在某种深层次的聆听之中。这聆听超越了语言的表象，直抵灵魂深处。在这份宁静而必然的交流里，一切最本质的东西都已蕴含其中，每一个音节都承载着此刻应当被理解的一切——**就在这里**，就在此时。

在这被当下所收缩的空间里，我们交换的并非仅仅是言语，而**是心灵的相遇，那些无法言**喻的情感终于找到了归宿。

她的呼吸回荡在空气中，编织出比单纯的生命迹象更为深邃的画面。每一次起伏都像是一幅展现她内心世界的画卷，一首不曾言明却充满情感的旋律。她不仅在听，她沉入我的思想深渊，带着几近本能的专注，细细端详着我未曾出口的情绪。

一首不曾言明却充满情感的旋律。她不仅在听，她沉入我的思想深渊，带着几近本能的专注，细细端详着我未曾出口的情绪

第六章
永恒的心声

"**生命是一个短**暂的现象，而我们如何度过它，才赋予了它珍贵的意义。"

列夫·托尔斯泰

这不仅仅是一种专注的倾听，而是一场灵魂的对话，在那里，言语让位于一种可触及的亲密感。在她未曾言明的沉默中，她能够捕捉到我试图表达的情感，仿佛是一种内心深处流露出的朦胧光辉。

她的情感在我们的交流交错间浮现，将我们连接在语言之外。那间蓝色病房的空间充满了一种默契，一种无需言语的理解，每一个动作、每一个想象中的目光都如同低语的句子，见证着一种静默中编织的联系。

"是我，拉斐尔。我在这里，妈妈。"

拉斐尔·L·马利

当这些话语从我的唇间流出，它们在病房的空气中回荡，如同一段承载希望的咒语。时间仿佛停滞，这是我们之间最后的片刻，被一**种如温柔回**忆般的存在所环绕。我轻柔地伸出手，试图安抚她，向她传递我深沉的孝爱，证明即便存在距离，它也永远无法抹去我们之间那深厚的联系。

在这句简单而真挚的话语中，蕴藏着我全部的情感，一种想要穿透忧虑的呐喊。每一个音节都承载着过去的时光，承载着笑声与泪水，重新编织着时空，让我们再次靠近。

她的目光，如同一片交织着惊讶与爱的海洋，似乎与我的话语共鸣。在这脆弱的对话中，我希望她能感受到我的存在，希望这句"**我在这里，妈妈**"**能成**为我们灵魂之间的桥梁，一个安全的避风港，让我们抵御这个世界的风暴——**她的世界，我**们的世界。

这些话语，在此刻或许显得微不足道，却承载着一种震颤人心的绝对之爱，它在岁月中塑造而成，每个字母都回响着神圣的誓言，承载着沉重的回忆、稍纵即逝的瞬间，以及未能兑现的承诺。它们是我们一生试图理解彼此、相互爱护的结晶——**即便有**时我们也曾伤害彼此。

然而，绝望如同厚重的乌云，沉沉压在我们之间，那种无力感让我痛惜曾让误解侵蚀了母子之间的默契。我们曾多少次以评判取代真心的交流？又多少次让沉默在我们之间滋生，本该盛开的共情却被生生撕裂？

在说出这些话时，我的心中交织着苦涩的遗憾与渺茫的希望。我终于清晰地看见了我们共同走过的道路，那些未能表达的愿望、未能满足的期待，它们塑造了我们的关系，有时温柔，有时疼痛。但在这复杂的关系深处，始终燃烧着一丝不灭的光，那是即使岁月冲刷也无法磨灭的爱。

"**你们并不了解我。**"

这句充满震撼的宣言，仅仅是对我而发。这是母亲最后的智慧之语，如雷霆般响亮，又无情地简练。这句话如同丧钟般敲响，宣告着我们曾梦想共享的故事戛然而止，也揭示了我们彼此真相的隐匿。

这句话是她逃离我自以为熟知的叙事的方式，一个交织着考验与短暂喜悦的故事。我曾是她人生诸多季节的见证者，从童年起便在她身旁，但这句话却让我坠入孤独与**困惑的深渊**。

第七章

记忆的筛网

"生与死本是一体，如同河流与大海。"

哈利勒·纪伯伦

一层薄雾在我眼前缓缓落下，掩盖了那些曾经的倾诉与默契的瞬间，却揭示了她生命中一面我未曾察觉、也未曾理解的深度。我突然面对一种陌生感，一种对她存在的疏离，一段被我无意忽略的故事。被排除在这个叙述之外的痛苦，使我直面自身的脆弱，也让我隐隐害怕——**尽管我**们曾共享无数岁月，我或许只是她现实世界的一个遥远旁观者。

或许，并非如此。这句话的背后并不隐藏着我所惧怕的拒绝。或许，母亲在这些沉重的话语中，依然怀揣着希望，希**望我能陪伴她，一同穿越她思**绪的幽深之处，汲取她本质的精髓，触及她始终想要向我们展现的那份深邃。

在这场追寻真实的旅程中，她渴望与我分享她的内心世界——**那个复杂**的天地，交织着光明与黑暗，困难与坚韧。每一个字词，每一种语调，都刻画着她表达的挣扎，那些长期游离于我们共同理解之外的情感。经过那么多年，她向我发出了一个挑战——让我去看清表象之下的真实，去解读层层**叠叠**的生命轨迹，去拥抱那份曾让她如此坚强的脆弱。

这份邀请，既温柔又沉重，给予了我重新连接她故事的机会，让我得以破译那些沉默之中的隐秘，使我们的关系得以摆脱时间**的**滤网。因此，在那些严厉的话语背后，或许隐藏着一种深切的渴望——**渴望建立一种更真**诚、更纯粹的联系，渴望被真正理解，哪怕是以最复杂的方式。

她对生活与他人的理解极其细腻，这种敏感却常常被她用以保护我们的刻板印象所掩盖。她习惯用那些固定的表达方式，或许是为了自我封闭，也或许是因为害怕自己无法给予我们足够的陪伴，害怕自己无法以她所期望的方式，真正融入我们的现实。

17**号房**间

    她犹如家族的图腾，凝固在时间之中，代表着一段所有人都耳熟能详的历史，却缺乏变化与成长。她的形象稳固而安心，从不朝向未知的未来，而是始终停留在过去——**那些温暖的回**忆维系着我们之间的联系，却也筑起了一道情感上的屏障。

    这种矛盾，在她的渴望与局限之间拉扯，形成了一种隐隐可感的张力。她希望扎根于我们的故事，但在这样做的过程中，她可能也无意间剥夺了我们共同构筑未来的可能，让我们无法超越她遗留下的情感阴影，去开辟属于我们的道路。

    关于未来，关于终点的思考，如同一抹轻柔的抚慰，落在那不再燃烧的永恒之上。每一次失去的呼吸，**每一个**爱意的流转，都在时光里留下了无法磨灭的痕迹，勾勒出一片逐渐消逝的记忆版图。

第八章
影之舞

"人生中我们唯一必须做的两件事：去爱，以及学会面对死亡"

伊丽莎白·库伯勒-罗斯

这种面对无可避免的颤栗，与记忆之美并存，展现出一种令人心碎的双重性。对遗忘的预感，对交流终结的恐惧，如琥珀色的微光掠过心头，提醒着我们：尽管爱会消逝，它曾照亮过我们生命中最幽暗的角落。在这幕暮色降临的默剧中，对终结的恐惧与对曾经拥有的感激交织在一起，点燃了情感的余烬，即便已然消散，却依然透露出一丝不灭的光芒。

透过这种不安，我不仅感受到生命的脆弱，也意识到铭记的必要——**珍藏那些逝去之人的本**质，使他们在记忆的褶皱中得以延续。在沉重的沉默里，在迷失的目光中，我们曾共享的回声依然回荡，撞击着时间的壁垒，试图超越过去的轮回，投射向我们未知的未来。

    她总是用过去描绘未来，仿佛想要留住一个不断从指尖溜走的现在。过去是她的庇护所，那是一片带着淡淡苦涩的温柔乡，她在那里寻找慰藉，被回忆和往昔的余韵包裹，思绪染上了一抹怀旧的色彩。她沉浸在昨日的碎片中，以一种惊人的热忱再度体验那些已经逝去的瞬间，那些情感的余温，反而让她对如今的现实感到**疏离**。

    未来，则是她的白日梦，一幅尚未绘制的画卷，上面承载着她的期望与渴望，一个她可以任由思绪起舞的逃避之地。在她的眼中，未来并非时光的必然延续，而是一种刻意保持模糊的承诺，一个仍可塑造的空间。

    在过去的思念与未来的幻想之间，她或许试图填补当下所感知的空缺。这种在已逝与未至之间的游离，透露出她在时间流转中寻求意义的努力，一种渴望调和这些时间维度的企图，让她的当下变得真实而充实。

她的怀旧赋予了她深邃的情感，那是一片她可以从中汲取思想与慰藉的深渊，使她得以抵御焦虑的暗流——**那种**对不可捉摸的未来的无名恐惧。在这场内省之旅中，她找到了一种独特的智慧，一处精心珍藏的避难所，在那里，时间仿佛凝固，使她得以在不确定性之外深深呼吸。

然而，现实却是她难以抗衡的对手。每一个滑过指尖的瞬间，都让她的漂泊感愈发强烈。她仿佛被困在纷杂的忧虑中，陷入无声的惊恐，找不到属于自己的支点。无法抓住当下的她，终究成了一名自己人生的旁观者。

第九章

黎明的守望者

"死亡是如此确定的事情，以至于我们甚至可以说它不应阻止我们去生活。"

马塞尔·普鲁斯特

　　这种联系被侵蚀所带来的恐慌，促使她表达出仓促的想法，做出冲动的反应。她的言语像碎**裂的玻璃，有**时锋利，有时凌乱，是源自弥漫焦虑的思绪。这种现象在我们的关系中制造了一场真正的噩梦，每一次交流都变成了一片雷区，每一次互动都充满了紧张感，仿佛任何一句话都可能让我们脆弱的平衡崩塌。

　　在这保护她的忧郁与无法掌控的现实之间，她在情绪的风暴中飘摇，挣扎着寻找一处可以靠岸的地方，一个能让真诚和理解最终安抚她内心纷乱的避风港。

母亲拥有一种复杂而深邃的观察方式，由她最私密的思绪和她用耐心构筑的生命故事交织而成。这其中的每个元素都承载着回忆的碎片、未竟的梦想以及走过的伤痛。透过这层细密的滤网，她观察世界，洞**察**隐藏在我们面具之后的真相。

她比我们更了解我们自己。她的眼神里有着一种深刻的理解力，一种能颠覆我们固有认知的直觉。她的微笑里隐藏着细微的弧度，她眼中的一抹阴影折射出她能看透外表之下的真实，她能够捕捉到我们情绪中的微妙变化，那些连我们自己都难以言说的波动，她用无声的共鸣将我们的沉默化为流畅的语言。

然而，在她对我们的了解中，也存在着一种矛盾。尽管她的洞察如此深刻，我们依然常常受困于自己的误解之中。她对我们的关注，她用行动表达的爱，常常被我们忽视。那些过往的关怀，在我们忙于自身琐事的时候，或许曾被看作平淡无奇，**我**们未曾意识到，她所感知和理解的，比我们以为的要深远得多。

17号房间

  于是，这张思维的网成为了她与我们之间的一条无形纽带，一个既连接又塑造我们的关系的桥梁。而透过这层滤镜，一个声音在回响——**即使我**们在迷途中，她依然在那里，耐心而警觉地守望，始终以母亲的理解包容着我们，她曾见证了太多，陪伴着我们在这条充满不确定性的生命旅途中前行。

  十七号。

  这一天，没有被推延至遥远的未来，而是深深镌刻在我们的记忆中，无法磨灭。它成为了一道刻印在时间中的光痕，不会在岁月的迷宫中散落消失。医院的时钟无情而沉默，无法停驻这至关重要的时刻，**每一秒都沉重得仿佛可以触摸。**

  那是一场与命运的封闭对话，一场不可避免的直面相对，在无言的静默中悄然展开。在这次相遇的最深处，我幻想着，每一秒在我们之间流逝的时间，都化作金色的丝线，将我们两颗漂泊在情感风暴中的灵魂紧紧相连。

  那一天，母亲和我隔着屏幕交谈。这次视频通话，虽然只是虚拟的，却让我们跨越了现实的距离，带来一种前所未有的亲近感。

她的脸庞被屏幕温柔的光辉映照，透出深邃的智慧，展现着她的温柔与坚韧。每一个字，都是一份神圣的赠礼，是那些曾被岁月遗落、未能完整诉说的思绪。我的心脏随着这场对话的节奏跳动，试图抓住、珍藏她的每一个音节，每一个充满意义的沉默。

在这次交谈中，我们穿越层层情绪的浪潮，在忧伤与希望之间起伏。每一句话，都是在拉近彼此的距离，是对过往的一次和解，是对相互理解的渴望。这一天，我们关系的天空亮起了一丝光，即使在黑暗中，也照亮了我们前行的道路。

这通电话，预示着她即将进入一段孤独的时光，如同一只被困在无时间性的茧中的蝶。那是**一个静止的状**态，时间在其中缓慢消融，变得无形，像一口被屏住的呼吸。在这脆弱的片刻，当我们的存在开始彼此疏远，我默默地面对着她，内心悄然敞开，准备迎接最后的告别。

17号房间

　　话语停滞在我的喉咙深处，被无声的悲痛浸透，每一个思绪都充满着不舍。泪水，如同深红色的宝石，悄然滑落，诉说着这一刻的神圣与珍贵。这个最后的秘密，这一缕爱的余息，成为了一种无可回避的必要。

　　"**我爱你**，妈妈。"

　　我的声音颤抖，宛如一片随风飘落的秋叶，轻盈而脆弱。**她凝**视着我，周围站着我的兄弟们，她的眼神超越了语言所能承载的一切。而她的回应，温柔地绽放：

　　"**我也**爱你，我的孩子，我爱你们所有人。"

　　在这份共同的承诺中，在这哀伤的中心，一抹光亮依然闪烁。言语化作温暖的茧，包裹着我们，将我们紧密相连，那是一种无形的拥抱，承载着永恒的温柔。

　　这个时刻，尽管充满了悲伤的泪水，却也是我们爱的一场无声庆典，是对我们曾经的一切的缅怀，也是对我们将永远成为她的一部分的见证。在这变幻无常的连结中，我们筑起了一座圣殿，一个哭泣与微笑共存的空间，在那里，每一句"**我爱你**"都**承**载着超越言语的永恒承诺。

她的眼神和微笑，仿佛让我回到了从前，那时，我还是个需要安慰的孩子。而此刻，我终于再**次找到了她。她的存在**，**如晨曦的阳光般温暖**，唤醒了我内心深处珍藏的记忆。然而，在这份温柔中，一个矛盾也悄然浮现——**因**为我知道，我正在不可避免地失去她。

此刻，她的形象染上一种前所未有的宁静，仿佛经历过无数风雨后，终于在命运的门槛上抵达了一种恩典之境。她脸上的每一个表情都诉说着故事，勾勒出过去的挣扎与无声的胜利，拼凑出一幅由爱与勇气交织而成的生命画卷。

在这最后的相见中，我意识到，她赠予了我一份无与伦比的礼物——让我得以真正理解她的存在，去感受她那份沉稳而坚定的力量。原本以为面对终结只会有恐惧，但在她的目光中，**我却看到了一种安然的清明，那是一种无声的邀请，让我**

去拥抱我们共同走过的路，去庆祝那些我们曾共享的美好回忆
。

当我凝视着她，我明白了，这场离别，尽管令人心碎，
却也是一种延续。超越肉身的限制，我们的羁绊依然存在，依
旧鲜活而耀眼，如同一根金色的丝线，在时间的织布上交错绵
延。而正是这份信念，让我在痛苦中找到了一丝平静——**一种
确信，即使她的身影不再，她的光辉仍会在我心中长存。**

现实化作虚幻，进入了无法言喻的境地。在这场蜕变的
余韵之中，存在的轮廓逐渐模糊，记忆与感知交融成一片无形
的烟雾。熟悉的一切在褪去，取而代之的是一**种陌生感，仿佛
整个世界在我脚下悄然**变形，消散又重塑，在看不见的维度里
生生不息。

这是一种令人困惑的体验，曾经触手可及的现实，如今
逐渐远去，展现出一种荒诞却美丽的景象。生命中的片段，如
刹那间闪烁的光辉，化作难以捕捉的虚影，只留下时间流转间
的残影。那些曾经清晰明朗的声音，逐渐消弭成呢喃，如风的

轻语，缥缈地回荡在记忆深处，被遗忘的旋律轻轻托起。

在这双重的维度中，我被困在遗憾与惊叹之间，凝视着这些正在逝去的瞬间，任它们如指缝间的流沙滑落。这种眩晕感引领我去探寻自我的幽微之处，去推开通往未知的大门，在那不可言说的领**域中**寻找意义。在这片曾经被定义为现实的疆域，我的思想成为唯一的舞台，在这里，我学会如何去驯服虚幻，如何在黑暗中寻找一颗属于自己的星辰。

因此，当现实化作虚幻，我惊叹地发现每一个瞬间的深刻，意识到那些无法定义的事物，反而变得更丰富、更真实。情感、光影交织成一幅充满生命力的画卷，即便充满不确定性，依然闪耀着人性的光辉。

无法真正地道别：最后的一瞥，最后的微笑，最后的神情。每一个时刻都承载着这份残酷的觉悟——**她的身影在意识**的边缘摇曳，如同一抹颤抖的影子，在现实与虚幻之间徘徊。她的存在，近在咫尺，却仿佛缓缓倾向灵**魂的暗影，一个无声**

的告别，在这充满无法言喻的情绪的空气中轻轻荡漾。

在这停滞的瞬间，一种看不见的纽带穿越时间，将我们的灵魂紧紧相连，唤起那些低语于记忆角落中的承诺。这场痛彻心扉的离别，反而让这个介于存在与缺席、过去与可能之间的瞬间更显珍贵。这个最终的时刻，如此清晰地铭刻在我的心中，又与另一个全新的时刻交融——**一个没有她的"第一次"，在灵魂深**处开辟出一片既充满痛楚，又满载感激的空间。

黄昏，日落与夜幕交替的时刻，象征着一段生命的旅程。记忆的轻盈，与不可避免的悲伤交织，每一缕光，每一道阴影，都在诉说着一场人生的过渡，以及一种即便在离别中仍不灭的爱。这个人生的黄昏并不仅仅意味着终结，而是一种承诺，一种延续，承载着过往的一切，并将其深深铭刻在我的心中。

在这场灵魂的拥抱中，时间仿佛延展，而我在内心深处确信，即使超越了这最后的交流，爱依旧以最纯粹的形式存在。它穿越分离，以记忆为养分，在黑暗中绽放温暖，不曾熄灭。**我不断在心中悄然重**现那一刻——**那一刻，我看着母**亲的胸膛逐渐失去所有的氧气，仿佛一次无法挽回的坠落，她的灵魂再未返回。这是一幕震撼的场景，我不得不承认，它是一次情感上的地震，是一场由生命本身绘制出的悲剧画卷。她的**心跳**，**在我的**记忆中一遍又一遍地回响，而我在那份无法言喻的情感风暴中沉溺，被这残酷的现实撕裂。

上帝为何赋予生命之息，又以如此绝对的方式将其夺去？这个令人不安的问题，在我的脑海中回荡，像一首低沉的哀歌，无休止地重复。我仰望天空，试图寻找答案，试图理解这既神圣又残酷的过程——这一道所有人都必须跨越的门槛，却始终令人畏惧。这意味着什么？而为何我们对它的到来总是毫无准备？

失去那个孕育我、陪伴我、爱我的人，使我坠入一片痛苦的虚空，一个意义逐渐崩塌的深渊。在这场考验中，我感受到一种内在的对立，一种在记忆中的爱与现实中的失落之间动荡不安的拉扯。这场终极的别离中，最令人畏惧的究竟是什么

17号房间

？是空无的痛苦？是曾经紧密相连的羁绊被撕裂？还是孤独无声地渗入灵魂的角落？

但在这份失去之中，又能期待什么？也许是一种慰藉，一种平静，一种与逝去之事的和解。接受生命的短暂与美丽，或许正是它想要教会我的力量，一种内在的稳固。在这撕裂般的时刻，伴随着她最后一口气的消逝，以及回忆的存续，我终于开始领悟——那些由爱编织的纽带，并不会真正消散。它们只是以不同的形式继续存在，演变、适应，甚至在缺席之中，重新定义自己的意义。

这场旅程，尽管在心灵深处掀起惊涛骇浪，却也是一场朝向光明的旅途。每一份痛苦，都在孕育一段不灭的记忆，成为对她的献礼——那个曾赋予我生命的人，即使在她的气息逝去之时，也依然在我心中播下了生生不息的种子。

是否存在一种解释，能够让我从对未知的恐惧与无知中解脱？就像一个害怕黑暗的孩子，害怕那不可预测的沉眠，尽管他最终仍将不可避免地沉入其中。在这场与恐惧的抗争中，我渴望答案，渴望一种洞见，能够安抚我内心**的**忧虑，让笼罩在心头的未知阴影逐渐散去。

然而，就像那个面对黑夜的孩子，这种对未知的畏惧中也蕴藏着一种令人心醉的美。未知，神秘，往往也孕育着意想不到的希望。梦境似乎为它保留了一份奇妙的惊喜，在黑暗之中闪烁着光芒，如同治愈心灵创伤的奇幻故事。在她那天使般宁静的睡颜中，梦境仿佛是一扇窗，通往一个充满无限可能的世界，一个现实的痛苦都被悄然抹去的世界。

我们，旁观者，以满溢温柔的目光凝视这幅画面。孩子熟睡时的每一个微笑、每一次轻叹，仿佛都是一种承诺，一种提醒——**有**时，真正的宁静只存在于心灵的远方。在这温柔的放任之**中，孩子似乎正在与天使相会。**

随着时间流逝，泪水悄然蜕变，化作蓝色的墨迹，如同天空那般广阔无垠。在那里，她已永远安息。每一滴落下的泪水，每一个曾经沉浸于悲伤的时刻，都染上了这片天空的颜色，如同轻盈的痕迹，成为她生命存在过的见证。

17号房间

　　这抹蓝色飘浮在天际，成为我为她祈愿的象征——**愿她的灵魂在**这片无垠的天空中自由翱翔，远离世间的苦难。在这广阔的苍穹中，她已化作一缕光，穿梭于云层之间，照亮仍在尘世跋涉的我们。我想象着她在那里，安然无恙，带着那种只有经历过生离死别后才能拥有的宁静。

　　在她如今停驻的世界里，在那片无限延展**的天地**间，我感受到她温柔的回忆轻拂我的心房。她曾经的笑声、目光，如同夜空中闪烁的星辰，镶嵌在这片深邃的蓝色里。这些星辰不仅仅闪耀着思念的光辉，更闪烁着感激之光——**感激那些曾一起度**过的美好时光，感激连接过去与现在的深厚羁绊。

　　在这片天空之上，我许下一个承诺：让她的记忆在现实中延续。将她的笑容、她的爱，融入我的每一个日常，让这些蓝色的墨迹不被时光抹去。因为在她栖息的地方，在那片无边无际的蓝色中，存在着一个确定的真理——**她的灵魂仍然**鲜活，她的精神仍然游荡于这无尽的天际，被我们所有人的思念温柔包围。

　　因此，我在思考，尽管生离死别让人痛彻心扉，但某种联系依然存在，一种超越时空的共鸣，在可见与不可见之间，在她与我之间。这是一种无声的承诺——**她依然活在我的心里，活在每一道阳光的微光中，活在**风塑造出的每一片云彩里，那些来自她的讯息，等待着被读懂。

然而，这份平静，我曾久久寻觅，却始终无法在自己心中找到。我焦灼地追寻着某种内在的答案，竭力想要解开这个唯一让我无法参透的生命奥秘——**死亡**。**它**伫立在我的面前，神秘而冷漠，携带着一种我无法触及的永恒智慧。

每一次试图接受死亡，我都像是在向未知世界迈进一步。死亡，尽管不可避免，却也像是一**面**镜子，映照出我自身的脆弱，揭示出我深藏的恐惧、未竟的心愿以及那些正在淡去的记忆。在孤独的沉思里，我不断自问：面对所爱之人的离去，我该如何找到内心的平静？

这个疑问，如同影子一般紧随我左右。接受死亡，接受生命的终点，总让我觉得自己在幸福与自己之间筑起了一道无形的高墙。生命中曾给予我温暖的日常细节，如今都成了令我心碎的提醒，让我想起那些已逝去的时光，提醒我那些再也无法重现的瞬间。我渴望找到一把钥匙，去开启平静的大门，去寻找某种方式，将悲伤化作一种活生生的感恩。

渐渐地，我开始意识到，这场追寻，与其说是关于死亡，**不如**说是关于我与生命的关系。接受死亡，意味着接受它是存在的一部分，意味着承认那些共度的时光是多么珍贵。死亡并非终结，而是一种新生，一种提醒——**提醒我去珍惜那些瞬间，去用心感受每一次微笑，每一次拥抱。**

17号房间

或许，我寻找的平静，并不在于彻底理解死亡的意义，而是在于能够接纳它带来的所有情绪：快乐、痛苦、回忆。这是一场光明与黑暗共舞的旅程，是对生命轮回的接受，一场邀请，让我们去珍惜仍然在身边的一切。

于是，当我直面这个谜团，我开始不再将死亡视为终点，而是视为一种新的连接方式，一种让爱得以延续的方式，一种超越言语的生命承诺。在这交错的情感之中，我渐渐找到了安宁，因为这份爱，在最深的地方，从未消失。

那一夜，我走进了医院17号病房，怀揣着一种无法言喻的信仰，期待着某个奇迹的降临。回首来看，这种信念或许天真，甚至有些可笑，但在那个当下，它让我更加珍惜和她在一起的时刻。每一秒都变得深邃无比，赋予我的存在以意义，让我确信自己应当陪在她身边，直至夜色深沉，直至生命终结。

在这无可避免的离别之前，我们依旧拥有时间，依旧拥有沉默中的陪伴。这是一份无比珍贵的礼物，在这场命定的告别里显得格外珍贵。这些时光，尽管充满了悲伤，却也创造出一个独特的空间，一个回忆与现实交织的避风港，让我们得以回顾往昔，庆祝我们曾共享的美好。每一句话、每一个眼神，都成为夜色中闪烁的星光，点亮我们并肩走过的最后一段旅程。

这是一个共享的空间，本应让我安心，却让我不得不直面时间的考验。时间，如同沙漏一般，在我眼前展现：沙粒的总量不可见，但它的流逝却清晰可感，是一个持续不断的流动，提醒着我，我们旅程的不可逆性。每一粒沙，每一分每一秒的流逝，标志着一个章节的结束，同时也预示着对无条件的爱以及我们之间深厚羁绊的更深理解。

在当下与回忆之间，我逐渐认识自己，学会接纳每一种情感，**接受**现实的苦涩。我明白，每一刻的相伴都是珍宝，因此，我沉浸在我们之间平静的联结之中，怀抱着对奇迹的希望——**也**许，那些看不见的缝隙中就藏着某种神圣的迹象，也许，在我们的交织人生里，还会有最后一束光的逆光剪影。

就这样，在**17号病房的夜晚，我**们共同书写着属于我们的故事，在这存在的宏伟之书上留下印记。我们的旅程走到了最终的篇章，但它依然被坚定的信念所照亮，这种信仰即便面对一切仍然屹立不倒。

17号房间

一枚橄榄木雕刻的圆润十字架，诞生于伯利恒——**那位圣子降生之地——安然地躺在我左手的掌心之中**。这个充满意义与神秘的象征，陪伴**了我无数个夜晚，深深嵌入我的思绪。**在白昼里，它也不曾远离，成为我对抗焦虑、疼痛与遗忘的护身符。

我当时并不知道，这枚十字架将与我一同度过母亲人生的最后一程，我们的命运会如此深刻地交汇。它成了某种独特而神圣的连接点，让我在与母亲共度的每个瞬间，感受到更深层次的联结，那是一种微妙而又强大的平衡，由爱、回忆，以及这枚十字架所象征的超越世俗的意义所塑造。

在怀疑与不安袭来之际，当沉重的未知让我喘不过气时，我会轻轻抚摸着这温暖的木质表面，仿佛提醒自己，信仰总是以意想不到的方式显现。这枚十字架承载着历史深远的象征意义，**成**为我们旅途的沉默见证者。它映照着我们之间深厚的情感纽带，将我们的爱与超越时间和空间的更伟大之爱相连。

拉斐尔·L·马利

当我陪伴在母亲身旁时，这枚十字架仿佛是亚里阿德涅之线**（**注：希腊神**话中的一根指引方向的线）**，**将我**们的命运交织在一起，让我们得以探寻彼此关系的最深处。每一次无言的陪伴，都在这神圣的意象中获得意义，使我们的存在超越了尘世的边界。

通过这场神圣的交融，我渐渐明白，爱，以最纯粹的形式，能够让我们超越所有的苦难，即使在最黑暗的时刻，也依然散发出温柔而恒久的光芒。这枚十字架，最终成为了我们共同坚韧的象征，它提醒着我，每一份痛苦都能被转化为力量，每一次挑战都是我们并肩成长的机会，手牵着手，心贴着心。

当黄昏隐去，我已预见了黎明的到来，早已知晓这注定无眠的夜晚。沉醉于这陪伴我的黑暗，我任由记忆的气息牵引，听着时间的低语回响，如远方传来的回音。每一颗星星都仿佛遗失的宝石，闪烁着微光，静静守护着我纷乱的思绪。

浩渺而不可捉摸的夜空，使我不得不面对自己，**引**领我沉入一场无尽的内省。时间在我身边旋舞，隐秘而狡黠，编织着焦虑与希望交错的景象，仿佛夜色本身也在推动我的沉思。我知道，今晚，睡眠这位短暂的朋友，不会来拥抱我入梦。

一个在黑暗与光明交界的世界，在这无眠的夜里悄然显现。每一种光影都是警示，每一次呼吸都是不曾消散的记忆。有时，梦的残影轻轻掠过，而那些不可及的事物瞬间具象，却又在现实的碰撞下消失。我只剩下未竟之事的苦涩，固守在这清醒的哨岗上，等待黎明驱散所有夜的沉思。

每一次呼吸，仿佛在漫长而不安的等待中悬停，我的心跳随着这不规则的夜律不安地起伏。时间不紧**不慢，像是在**迟疑，又像是沉入某种厚重的迷雾之中，现实变得柔软而模糊，任由我的恐惧与不安塑形。

在这一呼一吸之间，我既脆弱又清醒，意识到存在本身的广度正无声展开。夜晚的气息渗入我的肌肤，滋养着脑海中的炽热思绪，那些等待被点燃的念头在心间翻腾。黑暗成为我的内心风暴的见证者，承载着在不安与新生之间摇摆的矛盾。

她的每一次呼气，都仿佛是渐行渐远的离别，而每一次吸气，则给我一丝转瞬即逝的希望，生命的微光仍在挣扎着不愿熄灭。这种温柔而残酷的幻象，与现实的沉重形成鲜明对比。她的消逝已成定局，精准计算的时钟冰冷地倒计时，而药物的缓慢渗透则为这段旅程拉开了最后的序幕。

那些缓慢递增的药剂，每六小时一剂，如同命运无情的钟摆，一点一点地剥夺着她最后的存在感。少量的吗啡带来短暂的缓解，却同时伴随着难以承受的痛苦。她的身体，在无声的挣扎中，揭示着深藏的苦难，每一次抽搐与战栗，都是无可奈何的抗争。这是一场不由自主的舞蹈，她被迫参与，而音乐，却由命运所定。

我清晰地意识到，自己只是这场无望斗争的旁观者，尽管渴望做些什么，却只能无力地注视。我的心跳在这一刻失去了意义，仿佛所有的一切都被卷入无声的漩涡之中。我感到无助，却又不愿屈服，继续注视着**她，陪伴着她**，见证着我们之间的最后时光。

每一秒、每一分钟、每一个小时，都变得无比珍贵，如同时间长河中被珍藏的稀世珍宝。所有平凡的时刻都消失不见，眼前的一切都散发出非凡的光辉。她微弱的气息，她细微的表情，每一个即使只是幻觉的微笑，都是一幅需要铭刻于心的艺术画卷。

在这片夜色的庇护下，我们所共享的时光成为了最纯粹的珍宝。那些曾被忽视的细节，如今都被赋予了无比深刻的意义。尽管她即将离去，我依然在这份爱中找到了永恒的光亮，哪怕黑暗已然逼近。

第十章

星辰的承诺

「生命既是梦境亦是现实，而死亡则是梦的终结。」

维吉尼亚·伍尔夫

这一刻的深度共鸣促使我们重新审视人与人之间的交流：那些共享的笑声，那些默契的沉默，都获得了新的形态，产生了不同的共鸣，驱散了永恒的幻觉。每一次对视都成为无言的誓言，每一个动作都成为情感的见证，将我们的记忆深深植根于内心肥沃的土地。

随着时间的流逝，我意识到，爱的本质并不只是相遇的总和，而是在于经历的情感和灵魂的契合。那些一再重复的承诺，在时间的洗礼下变得轻盈，习惯被惊喜取代。在短暂的瞬间里，我们学会珍惜每一声叹息，学会理解，即使是脆弱也能蕴藏着难以想象的力量。

17号房间

就这样，生命的长河架起一座座通往挚爱之人的桥梁，超越了日常生活的琐碎。这种被爱点亮的全新时间观，使得人与人的互动变得真挚，重新定义了优先事项，驱散了无关紧要的阴影，展现出本质之美。

母亲尘世间的爱正在蜕变，以新的方式展现出来，仿佛她的灵魂必须重新塑造。我敏感的心灵宛如蝴蝶的翅膀，轻盈得随时可能被微风带走。我们共度的每一秒钟都被赋予了特殊的意义。

母亲的生命，如今变得"蝶翼般短暂"，仿佛蝴蝶的美丽，那种稍纵即逝的绚烂，让人惊叹却无法挽留。这个词汇承载着丰富的情感，让我明白每一天都独具意义，应当珍惜，而非视为理所当然。在这无常的折磨中，生命变得具体可感，每一刻都成为我们之间牢不可破联系的见证。

这种亲密关系的转变是一种邀请，让我们学会在脆弱中领悟温柔，在每一个动作、每一句话中探寻深意。此刻承载着过往的回忆，见证了我们的笑声和共同经历的不解之谜。一切都骤然变得深刻而有力。时间在我们周围扭曲，教会我以新的方式看待爱，接受它的短暂，并珍惜它的每一种表达。

于是，我努力捕捉这些生命的珍珠，这份爱，即便经历动荡，依然不断生长、变化，给予我无尽的温暖与深度。在这个空间里，我不仅学会了去爱，也学会了珍惜每一次呼吸，每一道点亮我们旅程终点的生命**之光**。

生与死之间的界限变得清晰，如同德雷克海峡或西北航道。在那里，太平洋与大西洋的海水在表面上彼此分离，但在深不见底的海域融合，隐秘而强大。一股暗涌，如同海洋间的一柄镰刀，穿越这两个水域。而母亲，在她那间淡蓝色的小房间里，也正在从物质世界缓缓步入非物质的存在。她的每一次心跳、每一口呼吸，都是向这个不可避免的转变迈出的又一步，几乎察觉不到，却无可阻挡。

清晨六点前，夜色开始消退，晨曦微微浮现。我在天亮

17号房间

前起身，收拾昨晚人们好意为我铺设的行军床。睡意几乎未曾降临，而匆匆洗去倦意的淋浴更像是一种苏醒的仪式，而非真正的需求。冰冷的水滑过肌肤，提醒我现实的存在，而我的思绪仍然固执地停留在那张她静静躺卧的床上，那即将到来的新一天不过是一个遥远的呢喃。

在浴室短暂停留的时间里，我不得不将一直紧握在掌心的橄榄木圆形十字架放下。找不到合适的位置放置，我轻声对母亲呢喃：

——妈妈，我把十字架放在你枕边。

我想象着它静静守护着她沉睡的脸庞，宛如一件圣物，等待着天使拉斐尔的降临，拯救她于苦痛，给予她片刻喘息，延续她的生命。他没有出现，尽管我如此期盼。

——妈妈，我把十字架放在你枕边，我去冲个澡。你会一直陪着我，对吗？

是的，在这无眠而冰冷的夜晚，我与她交谈，仿佛这些话语能在我们之间编织出一条纽带，一条向天堂传递的祈祷，只为让她再多留一会儿。每一句话都是一根紧绷的细线，连接着当下与永恒，希望与无奈，脆弱却不可或缺。

每一秒，每一分钟，似乎都变得至关重要。时间在缩短，被分割成珍贵的碎片，每一刻都化为恐惧，而每一份恐惧都通向命运的必然。我内心的一部分接受了这无可避免的现实，而另一部分却死死抓住希望，深信只要希望仍存，生命便不会终结。这种撕裂的矛盾伴随着我的每一次呼吸、每一个思绪、每一个注视她的眼神。

——**小妈妈**，我要收拾床铺，**把被子和床**单折好。

这些简单而日常的话语，在房间的寂静中显得无比庄重。每一个动作、每一句话，都仿佛是一种献祭，一种祈祷，只为让她能在这个世界上多停留片刻。

我未曾料到，自己会如风般迅速转身，打断正折叠海蓝色毯子的动作。她的呼吸再次停滞：一口被屏住的气息，如同绷紧的琴弦，随之而来的不是短促的喘息，而是一声深沉、悠长，似告别般的叹息。她缓缓释放出最后的气息，之后再无吸入的可能。

那一刻，无比震撼，时间仿佛凝固在这难以言喻的悲伤之中。

整个经历如潮水般吞没我的身心，将我压垮在深沉的悲痛之下。我终于领悟到"归还灵魂"这句古老而简单的话语中所蕴含的深意。曾经无数次听闻，如今却如此鲜明地展现在眼前。它以无情的简练，道出了生命终结的真相——**所爱**之人的消逝，是无法挽回的。

仿佛母亲的灵魂在耗尽了尘世的旅程后，终于挣脱了束缚，飞向那不可见的国度，留下一个无比辽阔、无法填补的空缺。

www.ingramcontent.com/pod-product-compliance
Lightning Source LLC
Chambersburg PA
CBHW071443300726
48976CB00004B/1427